# Hep Beraber Olmak Güzel



TÜBİTAK POPÜLER BİLİM KİTAPLARI

*TÜBİTAK Popüler Bilim Kitapları 395*

***Hep Beraber Olmak Güzel***
***It's Great To Be Involved!***
Christina Falcón Maldonado
Resimleyen: Josep Maria Cardona
Çeviri: Emine Geçgil



*TÜBİTAK Popüler Bilim Kitapları'nın seçimi ve değerlendirilmesi*
*TÜBİTAK Popüler Bilim Kitapları Yayın Kurulu tarafından yapılmaktadır.*

ISBN 978 - 975 - 403 - 636 - 7

1. Basım Ekim 2011 (10.000 adet)

Yayın Yönetmeni: Duran Akca
Yardımcı Yayın Yönetmeni: Dr. Oğuzhan Vıcıl
Yayıma Hazırlayan: Umut Hasdemir
Sayfa Düzeni: Ayşe Taydaş
Basım İzleme: Yılmaz Özben

TÜBİTAK
Popüler Bilim Kitapları
Atatürk Bulvarı No: 221 Kavaklıdere 06100 Ankara
Tel: (312) 427 06 25 Faks: (312) 427 66 77
e-posta: kitap@tubitak.gov.tr
www.kitap.tubitak.gov.tr

Başak Matbaacılık ve Tan. Hiz. İth. İhr. Tic. Ltd. Şti.
Macun Mah. Anadolu Bul. No: 5/15 Gimat Yenimahalle Ankara
Tel: (312) 397 16 17 Faks: (312) 397 03 07

Cristina Falcón Maldonado / Josep Maria Cardona

# Hep Beraber Olmak Güzel

Hep beraber, bir topluluk olmanın önemine dair...

TÜBİTAK
POPÜLER BİLİM KİTAPLARI

"Günaydın Floki, uyan artık!" diye seslendi Guru.
Floki uykulu gözlerle Guru'ya baktı.
"Bugün günlerden ne biliyor musun?" dedi Pik.
Pik'in sorusu Floki'yi uyandırmaya yetti.
"Bugün benim doğum günüm!"
"Bizi takip et." dedi Pik ve Guru.
"Sana bir sürprizimiz var."

"Nereye gidiyoruz?" diye sordu Floki heyecanla.

"Sürprizler söylenmez ki!" dedi Pik.

Floki, Pik ve Guru ormanda yürümeye başladı. Sonunda Moba Körfezi'ndeki Ubangi Nehri kıyılarına ulaştılar.

"Nehrin kenarında piknik mi yapacağız? Suya dalıp çıkar sonra da bir şeyler atıştırırız. Yaşasın!" Floki heyecanlanmıştı. Nehir yatağındaki en sevdiği yosunları toplamak için nehre daldı.

"Harika bir eğlence! Size çok teşekkür ederim." dedi Floki.

"Şimdı sıra büyük sürprizde!" dedi Guru.

"Çabuk ol! Hemen sudan çıkmalısın!" diye seslendi Pik.

Bir anda, sanki kocaman bir bulut üzerlerini örtmüş gibi etraflarına bir karanlık çöktü.

"Yoo, olamaz! Bu bir fırtına olmalı. Bu gürültü de ne?"

Floki çok korkmuş, elleriyle yüzünü kapatmıştı.

Duyduğu şarkı karşısında çok şaşırmıştı:
"İyi ki doğdun Floki! İyi ki doğdun Floki! İyi ki doğdun, sevgili Floki! Mutlu yıllar sana!"
Floki gözlerini açtığında, o ana kadar hiç görmediği bir güzellikle karşılaştı. O kocaman bulut yavaşça alçaldı. Floki güneşi yeniden görebiliyordu. Ne var ki, bu sıradan bir bulut değildi. Binlerce rengarenk kelebeğin bir araya gelerek oluşturduğu bir buluttu. İnanılmaz bir biçimde, bütün kelebekler aynı anda hareket ediyordu!

"Bu kelebekler neden burada?" diye sordu Floki.

"Büyük Yolculuk için hazırlanıyorlar. Bu güneşli havada kanatlarını gün ışığıyla doldurarak arkadaşlarını kendilerine çekiyorlar." diye cevapladı Guru.

"Peki, buluşma yerini nereden biliyorlar?" dedi Floki.

"Duyargaları aracılığıyla yaydıkları koku, mesaj görevi görüyor." diye cevap verdi Guru.

O gün, o kadar çok kelebek geldi ki, dağın etekleri sanki rengarenk bir halıyla kaplanmıştı.

“Şşşşt...” dedi Guru. “Sessizce beklemeliyiz.”
“Bu ses de ne!” dedi Pik.
“Benim midemden geliyor.” dedi Floki.
“Sanırım çok fazla doğum günü yosunu yedim.”
“Tam olarak neresi ağrıyor?”
“Burası.” diyerek gösterdi Floki.
Tam o anda Floki’nin karnından neredeyse gök gürültüsünü andıran bir ses duyuldu. Bu sesle beraber bütün kelebekler aynı anda gökyüzüne doğru yükseldi.

“Bu da neydi!” dedi, Guru. “Çok erken gittiler.” diye hayıflandı.

“Çok özür dilerim!” dedi Floki ağlayarak. “Kendime engel olamadım. Çok üzgünüm.”

“Yediklerini sindirmesi ne kadar da zormuş.” diyerek güldü Pik.

“Tamam Floki. Üzülme artık.”

Fakat açıklamaların Floki için bir anlamı yoktu, çok utanmıştı ve ağlamasını durduramıyordu.

"Sanırım kelebekler Büyük Yolculuğa çıkmak için bir işaret bekliyordu ve bu işareti onlara sen vermiş oldun." dedi Guru. "Büyük Yolculuk kelebekler için bir dayanıklılık yarışıdır. Bir başka kıtadaki ormanlara ulaşabilmek için binlerce kilometre uçmak zorundadırlar."

"Hepinize iyi yolculuklar!" diye bağırdı üçü birden ve kelebeklere el sallayarak veda ettiler.

Tam o sırada bir ağlama sesi duydular. Üç arkadaş birbirine şaşkın şaşkın baktı. Sesin geldiği yöne doğru yaklaştıklarında, Floki ve Pik yaprağın üzerinde bir kıpırtı fark etti. Minik bir kelebek "Artık çok geç! Artık çok geç!" diyerek umutsuzca ağlıyordu. Bir taraftan kozasına sıkışan sağ ayağını kurtarmaya çalışıyor, bir taraftan da "Çok geç kaldım!" diye ağlıyordu.

"Ne için geç kaldın? Neden ağlıyorsun?" diye sordu Pik. Kelebek, Guru'yu gördüğünde sakinleşmek yerine daha da çok korkmuştu. Ayağını kozadan kurtarıp Floki'nin burnuna çarptı. "Artık çok geç! Artık çok geç!" diyordu.

"Hey dikkat et, beni gıdıklıyorsun," diye kıkırdadı Floki. "Neden ağlıyorsun?"

"Hepsi de gitti. Artık asla onlarla birlikte Büyük Yolculuğa çıkamayacağım." dedi kelebek ağlayarak.

“Yapabileceğimiz bir şey yok mu?” diye sordu Floki.
“Korkarım yapabileceğimiz bir şey yok. Yüzlerce kilometre uzaklaşmış olmalılar.”dedi kelebek burnunu çekerek.

“Aslında onları yakalayabiliriz!”
“Uçuş birlikleri, hazır mısınız?” dedi Floki.
“Hazırız”, dedi Pik ve Guru.
“Sıkı tutun minik kelebek! Guru’nun tüyleri son derece konforlu bir uçuş sağlar.” dedi Floki.

"Peki sen ne yapacaksın?" dedi Pik. "Eve nasıl döneceksin? Güneş ışığı tenine zarar verebilir."

"Çok doğru." dedi Guru. "Hem bugün senin doğum günün."

"Beni merak etmeyin. Hava kararana kadar beklerim. O zamana kadar dönmezseniz, eve giderim. Bu dağları iyi bilirim. Hem benim bir sürü doğum günüm olacak; ama bu minik kelebek hayatında sadece bir kez Büyük Yolculuğa çıkacak."

"Benim için arkadaşlarından ayrılır mısın?
Hatırlıyorum sen bir zamanlar çok yalnızdın."
"Sen bunu nereden biliyorsun?" dedi Floki.
"Beni tanımadın mı?" diye sordu kelebek.
"Kanatların hiç de tanıdık gelmedi." diye cevap verdi Floki.
"Hatırlıyor musun, bir gece yanıma gelip benimle oynamak istediğini söylemiştin. Ben o zamanlar henüz bir tırtıldım." dedi kelebek.
"Ah! Tabi ya! Şimdi hatırladım. Şu koca orman aslında ne de küçük değil mi?" diyerek güldü Floki.

"O zamanlar sana kaba davrandığım ve çocukça davrandığını söyleyerek seni kızdırdığım için özür dilerim."
"Yoo! Özür dilemene gerek yok. Gerçekten çocukça davranmıştım." dedi Floki.
"Sana bu iyiliği yapacağım, minik kelebek ama bana

söz vermelisin. Guru'nun tüylerine koku yaymayacaksın.
Tamam mı?" diyerek güldü Floki.
"Bundan daha da fazlası için söz veriyorum sana.
Seni daima kalbimde taşıyacağım." dedi kelebek.

Guru ve Pik, kelebek ile beraber havalandı. Onlar gökyüzünde yükseldikçe, arkalarından el sallayan Floki küçüldükçe küçülüyordu. "İyi şanslar, Floki! Bu yükseklikte sen de benim kadar küçük görünüyorsun." diye bağırdı kelebek.

# Hep Beraber Olmak Ne Demektir?

Hep beraber olmak ya da topluluk ruhu birbirimize yardım etmemizi sağlar. Topluluk ruhu aynı zamanda arkadaşlarımıza, akrabalarımıza, komşularımıza ve etrafımızdaki insanlara yardım etmek, onlarla işbirliği yapmak ve onlara güleryüz göstermektir. Bazen dostlarımıza yardım edebilmek için yapmayı en çok istediğimiz şeylerden vazgeçmemiz gerekebilir. Tek başına yaptığın kumdan bir kale küçücükken, arkadaşlarınla, belki de yeni bir arkadaşla yaptığın kale çok daha büyük ve sağlam olacaktır. Bu, topluluk ruhuna en güzel örnektir.

# Bir Maceracının El Kitabı

Sırt çantanı iyi seçmelisin. Hafif, sağlam ve içinde pek çok cebi olan bir çanta edinmelisin.

## Şapkanı unutma!

Güneşten, rüzgardan, sıcaktan ya da soğuktan korunmak için, gideceğin yere göre seçeceğin bir şapka takmalısın. Boynunu koruyan siperlikli şapkalar takabileceğin gibi, delikli hasır şapkalar, hatta yanında matarası da bulunan şapkalar takabilirsin. Eski maceracıların kullandığı, macera filmlerinde görebileceğin güneş kasklarından da takabilirsin.

## Fotoğraf Makinesi

Gittiğin yerlerin ve gördüğün insanların fotoğrafını çekerek, bunları ailen ve arkadaşlarınla paylaşabilirsin.

## Küçük Bir Defter

Yolculuk izlenimlerini not etmek ve kendi gezi albümünü oluşturmak için küçük bir deftere ihtiyaç duyabilirsin.

## Bol Cepli Bir Pantolon

Fermuarları sayesinde kolayca şorta dönüştürebileceğin bol cepli bir pantolon çok işe yarayacaktır.

## Büyüteç

En küçük nesneleri bile görmene yarar.

## Güleryüz

Küçücük bir gülümseme hayatı kolaylaştırır.

## Su Matarası

Böylece içme suyunu her zaman yanında taşıyabilirsin.

## Eski Ama Rahat Bir Bot, Spor Ayakkabısı ya da Sandalet

Uzun doğa yürüyüşlerinde senin en yakın dostun onlardır.

## Atıştırmalık

Kuru meyveler, bisküvi, çikolata, su ve meyve suyu

## Kitap, Dergi ya da Oyun Kartları

Oyalanmak, uzun bekleyişleri eğlenceli bir hâle dönüştürmek ve yeni arkadaşlar edinmek için bunları kullanabilirsin.

Son olarak, şunu asla unutmamalısın: Bulunduğun yerin kurallarına göre hareket etmelisin. Bu sayede yeni deneyimler edinebilir, farklı davraışları öğrenir, farklı lezzetler tadabilirsin. Yeni şeyler öğrenir, yeni insanlar tanır, yeni yerler ve kültürler keşfedersin.